Odes

par ANTOINE-CHARLES

Laocoon. Apollon Vengeur.
La Religion.

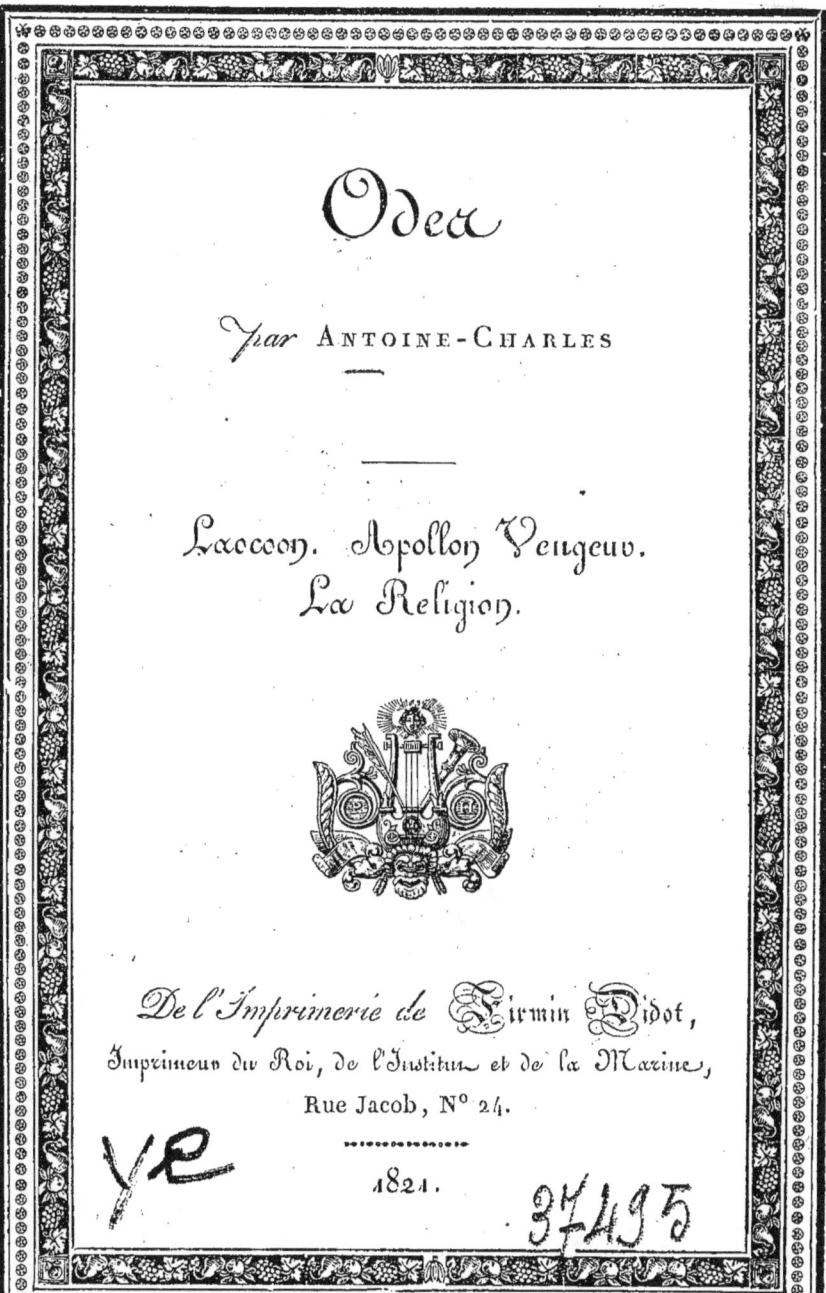

De l'Imprimerie de Firmin Didot,
Imprimeur du Roi, de l'Institut et de la Marine,
Rue Jacob, N° 24.

1821.

ODES

PAR ANTOINE-CHARLES

LAOCOON. APOLLON VENGEUR.
LA RELIGION.

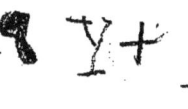

A PARIS,

DE L'IMPRIMERIE DE FIRMIN DIDOT,
IMPRIMEUR DU ROI, RUE JACOB, N° 24.

1821.

37.

LAOCOON,

ODE.

SECONDE ÉDITION.

La première a été publiée au mois de juin 1819.

ARGUMENT.

Laocoon signale aux Troyens le stratagême des Grecs; et
périt victime de son dévouement à son prince et à
sa patrie.

Sa mort est l'emblême des persécutions suscitées contre
les sujets loyaux qui s'efforcent d'éclairer les princes
sur les complots de la perfidie.

LAOCOON,

ODE.

Dracones
Effugiunt, sœvæque petunt Tritonidis arcem ;
Sub pedibusque deæ, clypeique sub orbe teguntur.
VIRG. Æn. lib. II.

AINSI contre vous tout conspire,
O sang divin d'Assaracus!
La ruse asservit votre empire
A ces Grecs tant de fois vaincus.
Mais, dans sa décevante ivresse,
Quand Pergame en foule se presse
Vers l'insidieux monument;
Priam! faut-il que ta vieillesse,
Jouet du destin qui l'oppresse,
Tombe au commun aveuglement!

I.

Vain simulacre, l'édifice
Recèle un fatal bataillon :
De Sinon le lâche artifice
Triomphe du roi d'Ilion.
Rempli d'un effroi salutaire,
Qui percera l'affreux mystère?
Laocoon..... « Peuple Troyen!
« Ce monstre idole du vulgaire,
« Dans ton sein vomira la guerre;
« Crains les présens de l'Argien. »

Souverain prêtre de Neptune,
Ilion est sourd à ta voix;
Ceux que ton oracle importune
Ont ri des maux que tu prévois :
D'Argos le protecteur suprême
Réserve le prix du blasphême
A tes religieux accents :
Accusateur du stratagême,
Tu mourras; et sur l'autel même
Qui fumait de ton pur encens.

Ah! du moins, si sa noble vie
S'exhalait au jour des combats;
Mais aux grands cœurs la haine envie
Jusqu'à l'espoir d'un beau trépas.
Déja souillé de leur morsure,
D'affreux dragons en sa blessure
Vomissent le venin glaçant :
Tel du stilet de l'imposture,
Le fourbe irrite la torture
Où sa main retient l'innocent.

Étreints par le double reptile,
Le père et ses faibles enfants
Opposent un bras inutile
A l'effort des nœuds étouffants;
Leur sang oppressé se retire :
Du supplice qui le déchire,
Le héros réprimant l'effroi,
Entre ses fils mourants expire ;
Et son œil éteint semble dire :
« Je meurs pour mes dieux et mon roi.

Dieux, voilà donc votre justice !
Sous l'abri du bandeau sacré,
Dans la ferveur du sacrifice,
Votre pontife est massacré.
Repus de la sainte victime,
Les monstres au fond de l'abîme
Fuiront-ils, loin des feux du ciel ?
Méditant un plus lâche crime,
Au pied de l'autel légitime,
Ils vont pétrir un nouveau fiel.

Malheureux Troyens ! l'Espérance
Se dérobe en pleurs à vos yeux ;
SINON d'une feinte assurance
Revet son visage odieux :
C'en est fait ! le courroux céleste,
Par un éclat trop manifeste,
Sur vous appesantit sa main :
Priam, dans un sommeil funeste,
Achève le jour qui lui reste ;
SINON verra le lendemain.

Ainsi, dans la nouvelle Troie,
Confiante à la trahison,
L'erreur laisse le zèle en proie,
Au venin lent du faux soupçon.
Vous que la seule gloire anime,
Courez, d'un élan magnanime,
Célébrer le culte des rois!
L'honneur, sous le bras qui l'opprime,
Est flétri des couleurs du crime;
Et le crime usurpe vos droits.

Ces héros que ta fraude immole,
Ces victimes de la vertu,
A quelle ténébreuse idole,
Grec imposteur, les livres-tu?
Crains la déité tutélaire
Qui de son flambeau nous éclaire,
Qui verse l'or sur nos moissons;
Et, prompte à délivrer la terre,
Perça de son dard salutaire
Un serpent gonflé de poisons.

Muse, flétris la calomnie;
Brise, aux mains du crime puissant,
La coupe de l'ignominie,
Breuvage amer de l'innocent;
Muse, signale les perfides;
Démasque-les, ces parricides,
Qu'un double fard a recouverts;
Et, des trop lentes Euménides
Hâtant les couleuvres avides,
Commence l'effroi des pervers.

Oui! transportés d'un saint délire,
Au bruit des concerts corrupteurs,
Fils d'Apollon, que votre lyre
Mêle ses cris accusateurs!
Au nombre opposons le courage :
Mais Argos, hâtant son ouvrage,
Évoque la rébellion :
Ah! puissé-je, affrontant sa rage,
Sur moi seul appeler l'orage,
Périr, et sauver Ilion!

APOLLON VENGEUR,

ODE.

ARGUMENT.

Apollon délivre la terre en donnant la mort au serpent
    Python.

La Sévérité, dirigée par la Justice, relève les empires
    que la faiblesse avait mis en danger de périr.

Digression sur la chûte de Phaéton.

Prodiges et bienfaits du nouvel Apollon.

APOLLON VENGEUR,

ODE.

Absolvitque Deos....

CLAUD. in Ruf.

APOLLON, pour sauver la terre,
Écoute un généreux courroux ;
Python, qu'épargnait le tonnerre,
Périt ; et l'Olympe est absous.
Tour-à-tour sevère ou propice,
Comme Apollon, dans sa justice,
Exorable à l'égarement,
Le roi sage voue au supplice
La révolte dont la malice
A fondé l'endurcissement.

J'admirerai qu'un roi pardonne
L'outrage fait au potentat,
S'il sait, quand le devoir l'ordonne,
Venger l'injure de l'état :
Le traître alors, dans son repaire,
A ses trames en vain espère ;
Un peuple égaré se repent :
Tel le prince, et monarque et père,
Ramène le siècle prospère
Qu'illustra la mort du serpent.

Cybèle, long-temps languissante
Sous l'œil du reptile odieux,
Ressaisit, plus éblouissante,
Son diadème radieux :
La race échappée au carnage
Sut quitter l'asyle sauvage
Des hospitalières forêts ;
Et, succédant au long ravage
Du monstre, effroi de ce rivage,
Astrée enrichit les guérets.

Bientôt, prodigue de miracles
Envers les enfants de Linus,
Apollon dicta ses oracles
Aux trépieds, depuis méconnus :
Ivre d'une sainte manie,
Sa prêtresse aux lois du génie
Soumit les plus fiers potentats :
Alors, l'impiété bannie
Expiait dans l'ignominie
Le règne de ses attentats.

Roi du jour ! nous touchons à l'âge,
Où ton fertile et vert laurier
Vivifîra l'aride plage
Que foule un peuple aventurier ;
L'univers sera ton domaine :
Chaque aurore à tes pieds amène
Des flots nouveaux d'adorateurs :
Cependant le fils de Clymène,
Phaéton, sur la race humaine
Versa les feux dévastateurs.

De notre péril, par ses larmes,
Cybèle avertit Jupiter;
Le frêle auteur de tant d'alarmes
Fut précipité de l'éther:
Echappée au vaste incendie,
La terre bientôt reverdie
Accusa le seul Phaéton;
Et les bergers de l'Arcadie
Consacrèrent leur mélodie
Au noble vainqueur de Python.

A nos terreurs mettons un terme,
Nous, que la foudre a su venger!
Apollon, retient d'un bras ferme,
Ce char qu'il peut seul diriger:
Prodiguez les trésors de l'onde,
Naïades! votre urne féconde,
En vos mains ne doit plus tarir;
Et, déssechant l'Averne immonde,
Le Dieu raffermira le Monde,
Qu'un téméraire eût fait périr.

Dieu fatal à l'hydre farouche
Qu'abreuvait le sang des mortels!
Le fiel ne souille point la bouche,
Du chantre admis à tes autels;
Et dès que, profanant le sistre,
Un vil transfuge du Caïstre,
A l'Erèbe asservit ton art;
Tu rejettes l'affreux ministre,
Dont en secret la voix sinistre
Promettait les Tiens au poignard.

Ne confiez plus aux ténèbres
Le vœu de vos cœurs endurcis;
Au grand jour, fourbes trop célèbres,
Etalez vos fronts éclaircis;
Tout vous rit : de votre malice
Le remords devenu complice
Assoupit son vautour rongeur:
La loi même vous est propice:
Mais vous touchez au précipice;
Apollon est le dieu vengeur.

16 APOLLON VENGEUR,

Et déja quels heureux prodiges!
Un autre Apollon, sous nos yeux,
Effacera de noirs vestiges,
A l'exemple de ses aïeux :
Déja, la discorde livide,
Du sang des rois toujours avide,
Dépose son double poignard ;
Et, fardant sa haine homicide,
Vers le temple où la paix réside,
Jette un moins farouche regard.

Mais, de ses lèvres écumantes
Le monstre exhalant le poison,
Rallume ses torches fumantes,
Dans l'antre de la trahison :
Vain complot ! la faveur divine
A conservé cette héroïne
Qui gardait un prince à nos vœux ;
Et l'impérissable racine,
Jusqu'aux bords qu'un dieu leur destine,
Etendra des rameaux nerveux.

A l'astre que la France implore,
Offrons le lys aimé des dieux;
Saluons la naissante aurore
D'un avenir plus radieux;
Au réveil du fils de Latone,
L'Océan affranchi s'étonne
Du nouvel essor de nos mâts;
Et l'étranger qu'en vain Bellone
De son dard sanglant aiguillonne,
Recule vers ses noirs climats.

ODE

SUR LA RELIGION.

————

SECONDE ÉDITION.

La première a été publiée au mois d'octobre 1819.

2.

ARGUMENT.

C'est la reconnaissance qui a inspiré à l'homme les premiers élans vers la Divinité.

Les sentiments religieux sont la véritable source de l'inspiration poétique.

La sagesse humaine ne pouvait atteindre à la vérité, sans le secours de la révélation et les mérites de la rédemption.

Suites funestes de l'irréligion.

Catastrophe amenée par l'athéisme.

La Religion est la seule base solide de la législation.

Vœux du poëte en faveur de la génération qui s'élève.

ODE

SUR LA RELIGION.

Usque adeò res humanas vis abdita quædam
Obterit, et pulchros fasces sœvasque secures
Proculcare, ac ludibrio sibi habere videtur.
LUCRET. lib. V.

NON, de la foudre vengeresse
Notre effroi n'arma point les Cieux!
Ce fut au sein de l'allégresse
Que l'homme proclama ses Dieux :
Si le trésor de leur colère
A l'impie apprête un salaire,
Il réserve au juste un bienfait :
Et n'est-ce pas sous le tonnerre
Qu'enfin le Titan sanguinaire
Expia son dernier forfait?

Dès ce jour, la reconnaissance
Éleva ses premiers autels;
La Religion prit naissance
Aux cœurs des généreux mortels;
Et, dans sa fervente insomnie,
Guidé par les feux du génie,
Le poëte, amant des déserts,
Ravit aux nymphes d'Aonie,
Les mystères de l'harmonie,
Et fonda nos sacrés concerts.

Écoutez, vous tous dont l'audace
Exalte des pensers pervers,
Et conspire, au pied du Parnasse,
A désenchanter l'Univers :
Alors même que d'Épicure
L'élève, à la matière obscure
Départait la fécondité,
Ce chantre altier de l'imposture,
Invoquant la seule nature,
N'a pu fuir la divinité.

A la déesse, âme du monde,
Offre-t-il un digne tribut,
Le souffle inspirateur seconde
L'essor d'un insigne début.
Mais d'une école détestée
Quand Lucrèce, en son vers athée,
Célèbre le vœu destructeur,
Soudain sa muse épouvantée
Déserte une lyre éhontée,
Complice du blasphémateur.

Et quand donc, sophistes arides,
Vit-on votre témérité
Surprendre aux saintes Piérides
L'éclair que suit la vérité ?
Si quelque flamme vous honore,
Sa vaine lueur s'évapore,
Et disparaît en un moment ;
Pareille à ce froid météore
Que la Nuit presse, et fait éclore,
Des fanges d'un vil élément.

Ce feu pur qu'un dieu seul dispense
Ne luit qu'à la pieuse ardeur;
D'Homère il fut la récompense;
Pindare y puisait sa splendeur :
Vers les sources de Castalie,
Orphée à sa harpe rallie
Horace, Virgile et Rousseau :
Le Tasse, orgueil de l'Italie,
Milton, et l'auteur d'Athalie
S'abreuvent au divin ruisseau.

Couvert d'un voile diaphane,
Au fabuleux Pinde emprunté,
C'est ainsi que mon vers profane
Diffamait l'incrédulité;
Mais d'une sainte frénésie
L'austère vérité saisie
Rejette mon frivole encens;
Et, comme aux déserts de l'Asie,
Jadis à la tribu choisie,
M'ordonne de mâles accens.

L'Oreb vit sur sa double cime
Moïse, aux pieds de l'Éternel,
Recueillir du rhythme sublime
Le privilége solennel :
D'un aussi fertile héritage
Dieu se réservant le partage,
Aux prophètes l'a transféré ;
Touchés de leur saint témoignage,
Les législateurs du vieil âge
Dérobèrent le feu sacré.

Bientôt, de ces brillans auspices,
L'idolâtre déshérité
Revit quelques rayons propices
Luire au sein de l'obscurité.
Tel, quand des secrets de la terre
Humboldt affrontant le mystère,
Se plonge aux sources du métal ;
La voûte du sombre cratère
Que la torche enflammée éclaire
Réfléchit les feux du cristal.

Mais vainement le Grec célèbre
Instruit aux bords égyptiens,
Révèle aux fiers enfans de l'Hèbre
Le dieu qu'adorent les chrétiens :
Hélas! sous l'erreur confondue,
La Religion éperdue
Ne devait nous r'ouvrir les cieux,
Qu'au jour où serait répandue,
Sur la croix, du monde attendue,
La coupe du sang précieux.

Émule du sage de Thrace,
Disciple de la vérité,
Socrate, à sa divine trace,
Guidait l'aveugle antiquité :
Brisant l'idole qu'il méprise,
Il va, dans Athènes surprise,
Du dieu vivant fonder l'autel :
La vertu même l'autorise :
Mais cette immortelle entreprise
Voulait la main de l'immortel.

Et quand de la vie éternelle
Brille le flambeau consolant,
L'indifférence criminelle
Dort sur la pente du néant!
Mais la Foi que l'erreur dénie,
Veille, et sur l'aile du génie
Echappe au terrestre séjour;
Et, par l'Amour au ciel unie,
Recouvre la gloire infinie.
Salaire de son dernier jour.

Impatient d'un culte austère,
Si l'orgueil en brise le frein,
L'athéisme au loin sur la terre
Etendra son sceptre d'airain :
Dès-lors, la hache légitime
En vain se lève aux yeux du crime
Instruit à braver le trépas;
Et frustré d'un espoir sublime,
L'innocent, que l'injuste opprime,
Regrette un Dieu qu'il ne croit pas.

Aux témoins d'une Providence
Que sert un futile argument?
Dégageons enfin l'évidence,
Des langes du raisonnement.
Quand Zénon dit à son élève ;
Rien ne se meut : Platon se lève,
Et d'un pas confond le rhéteur,
Quand l'homme contre Dieu s'élève,
L'astre du jour marche, et soulève
Le voile épais du Créateur.

Sous l'impiété qui t'accable,
Peuple lâchement endormi,
Crains qu'un arrêt irrévocable
Ne te livre au joug ennemi !
Quand l'histoire t'ouvre ses pages,
La folie, écartant les sages,
S'assied au banc des sénateurs ;
Et l'ange des sombres présages
Redemande au cahos des âges
Les prodiges dévastateurs.

Noir précurseur de la tempête,
Aiguisant sa langue de fer,
Le blasphême a dressé la tête
Et de poisons infecté l'air :
Fière de son hideux cortége,
Aux murs qu'en vain l'autel protége,
La révolte court à grands cris ;
Bientôt la foule sacrilége
Qu'irrite leur saint privilége,
A versé le sang des proscrits.

Mais lorsque l'impie en sa joie,
Étale un triomphe insultant ;
Déja, l'œil fixé sur sa proie,
La Mort plane, et l'Enfer attend :
Déja mille flèches nouvelles
Percent de blessures cruelles
L'orgueilléux trop tard prosterné ;
Et, dans ses haines immortelles,
L'abyme prête encor des ailes
Au Dragon qu'il a déchaîné.

Tout va périr ! enfin, l'audace
Rompt un insidieux sommeil ;
Et rit de la vaine menace
Qui fit ajourner son réveil ?
Levez-vous, astres téméraires !
Soudain, vos lueurs funéraires
Ranimeront de vieux ferments :
Une main retient les tonnerres ;
Mais contre vous les rois sont frères ;
L'autel a reçu leurs serments.

Le pouvoir légitime expire
Où languit la religion.
Veillez prince ! de votre empire
Bannissez la contagion
Et nous, fuyons la voix qui crie :
« L'honneur, notre idole chérie,
« Fonde assez la fidélité.
Des traîtres commune industrie !
Ainsi leur lâche fourberie
Marche à la popularité

De lois sans Dieu fauteurs perfides !
Qui de vous, ou des vrais chrétiens,
Contre l'effort des parricides,
De l'état furent les soutiens ?
Aux saintes croyances rebelle,
Lutèce, à jamais criminelle,
Du trône profana les droits :
D'héroïsme illustre modèle,
La contrée à son dieu fidèle
S'immola seule pour nos rois.

Qu'un fer vengeur bientôt mutile
Ces arbres au feu condamnés ;
Rameaux dont un siècle infertile
Suçait les fruits empoisonnés :
Ah ! de leur funeste semence,
Heureux ! si l'âge qui commence,
Par quelque prodige est sevré ;
Si des temps la noire inclémence,
Aux sources de notre démence,
Ne l'a point encore enivré :

Et si, dans nos jeunes années,
Des prestiges éblouissants
A nos Ménades étonnées
Surprirent quelques grains d'encens;
De leur ivresse mensongère,
Confessons l'erreur passagère
Sur l'autel de la Vérité!
Et, trop long-temps aventurière,
Notre ardeur suivra la carrière
Qui mène à l'Immortalité.

FIN.

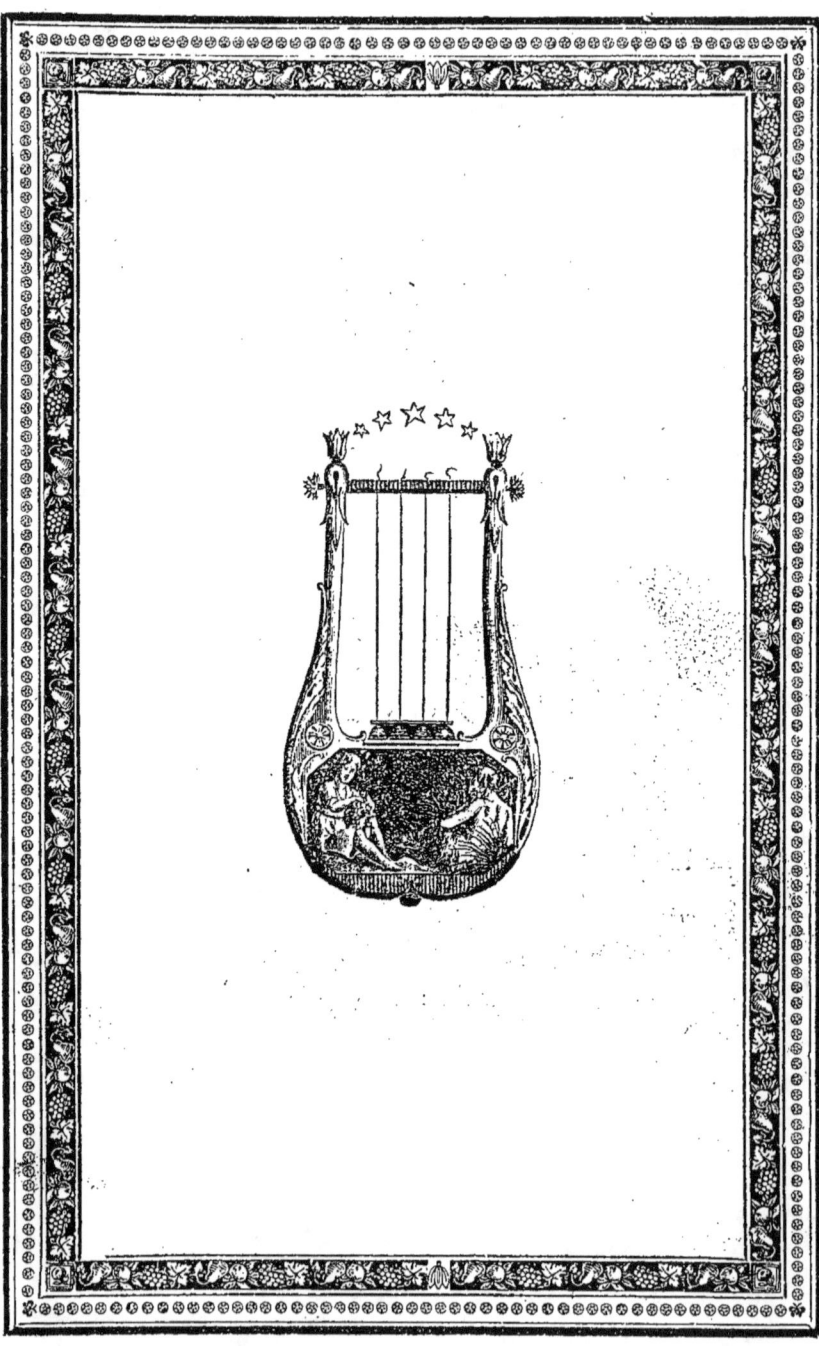